나무의 기도

나무의 기도

1판 1쇄 인쇄_2022년 07월 01일
1판 1쇄 발행_2022년 07월 10일

지은이_이채현
펴낸이_홍정표
펴낸곳_작가와비평
등록_제2018-000059호

공급처_(주)글로벌콘텐츠출판그룹
대표_홍정표 이사_김미미
편집_하선연 이정선 문방희 권군오 기획·마케팅_김수경 이종훈 홍민지
주소_서울특별시 강동구 풍성로 87-6
전화_02-488-3280 팩스_02-488-3281
홈페이지_http://www.gcbook.co.kr

값 12,500원
ISBN 979-11-5592-301-6 03810

작가와비평
시 선

나무의 기도

이채현 시집

작가와비평

머리말

제 삶에서 당신이라,

산책길에 화두(話頭)였어요.

그리고 드릴 꽃이란 무엇일까 하고요.

- 「꽃수레」 중에서 -

차
례

제2부

제3부

제4부

제1부

나날

●●●

마른 건조한 풀밭 켜켜이 쌓이는 속내 겨울나무서
성탄(聖誕)

늦게 철드는 한 그루 고해성사

꽃잎옹알이 이쁜, 가지방울기도, 어우러진 숲 합창

내려앉은 겨울

●●●

돋보기를 쓰고 가시를 바르련.

성당 스테인드글라스 새* 빛에 앉았다.

비둘기깃털 드리운 하늘에 이름 모를 새가 난다.

오후 볕이 곱게 담은 기도를 폭 싸서 소녀는 건넨다.

---

* 새: '사이'의 준말.

눈꽃마당

첫눈 함박눈

하얗 보푸라기들

풀풀 나는 이 마음 저 마음 얼기설기

하늘밭 흰빛 야생화를 캐 둑방에 심습니다.

꽃수레

참 더디 오시려는지요.
늘 같은 매무새인 저입니다.
어제는 고통에 관하여 읽었어요.

제 삶에서 당신이라,
산책길에 화두(話頭)였어요.
그리고 드릴 꽃이란 무엇일까 하고요.

꽃샘

마음 보신다니 숨은 것 보신다니

허허벌판서 마냥 걸어가고만 있는 한 아이

우주의 순명(順命) 초롱에 담아 밝히려 긴 길 가는 아이

수많은 꽃

성당꽃밭

그늘에 익숙한 꽃
작음에 낯익은 꽃
흔듦에 강인한 꽃
없음에 나누는 꽃
존재에 온전한 꽃

섬광 구체성임을 인간

하여

나무의 기도

●●●

스승이시여.

네, 여기 있습니다.

생명선

당신에의 연(戀)줄로 삽니다.
당신에의 탯줄로 삽니다.

당신의 말씀 그윽한 시냇가
당신이 거니신 반짝임 흔적
어둠을 씻으시더이다.
아래로 흐르시더이다.
환하게 맞으시더이다.

뽀삭거리는 아이의 발자국이 풀잎에 실려 자박자박 당신께 흘러갑니다.

고해성사

●●●

당신에

엉망진창

당신에

우직함

당신에

수십 년

당신에

그늘 빛

당신에

오는 길

당신이시기에

하얀 꽃잎과 붉은 즙으로 태어나렵니다.

겨자나무

곳곳 황무지 곳곳 늪

겨자씨 한 알 움틔우시니

연(戀)한 새 이 가지 저 가지 포르르 맴돌며

기도,

크신

그늘

뿌리

풀빛

겟세마니* 언덕 꽃

나뭇가지서 빗방울에 간밤
사투(死鬪)라야 사는

닮고자 한 어느 날

그래서 살아났어요.
가녀린 심지(心枝) 돋아납니다.

* 한국천주교중앙협의회, 『성경』, 「신약성경」(마태 26, 36-46), 2005, 50~51쪽. '겟세마니에서 기도하시다' 참조.

이파리

나뭇잎마냥 인재(人災). 길가를 뒹굴며 파삭거리며 있다.

아니, 그분은 라자로*야 부르리니.

길목서 사랑으로 바르는 향유

하여야 할 일들

구하는 용서

---

* 위의 책, (루카 16, 19-31), 132~133쪽. '부자와 라자로의 비유' 참조.

사슴

●●●

눈꺼풀조차 들어 올리지 못하는
씨름

도돌이표
견딤입니다.
그날 살면 될까.
오늘 살면 될까.
나절 살면 될까.
끼니 살면 될까.

간발 살면 될까.

흔들리는 시소(seesaw) 어느 순간
벌떡 깨어
한여름 포도나무인 당신께
뛰어갑니다.

나무

지고 가고 있는 어깨에 비어가시는 생명넝쿨

농익어가는 설익음

동목(冬木) 자라고 있는 이유겠지요.

바삐 잎 맞는 춤사위로 부대꼈으면 좋겠어요.

그런 나였으면

송아지
눈망울,
선악과
이전의

에덴동산

수풀

●●●

가시나무더러 서로 사랑하라 사랑의 뿌리는 거대한 깊음에

내어주신 분에 굽이굽이 길 따라 묵주기도 숨 수(繡) 놓는, 파란 하늘에 하얀 태양에 노란 햇빛에 드러나 꾸미지 않는, 칭얼대는 늘 우는 작은 새 앉거늘 괜찮다 아프다 하지 않는.

싹

당신들이 용서하고 있는 중 저 완고했을지도.

이즈음 붓

모사(模寫)
미세한 덧칠
스승 예수 그리스도가 그리시도록 귀띔인 듯 담는
말씀

꽃비에 숨어 용서하고 있는 중 입니다.

볕뉘

아침 복도를 비추는 창문 넘어 노란햇살줄기

아픈 등에 따스하니 돌아누워 껴안으니 희망

닥종이 안에 갈대숲 들꽃 난(蘭) 스미어들지

봄서신

바위 틈바구니 빳빳하게 풀잎 서 있다.

세상 틈바구니도 깨어나라 앞서 기도실 거라.

비추임 받은 내밀함 당신의 언어로 해석하여 이 생(生) 저어 가는

풀잎의 힘 강인하기 그지없는.

사랑그릇

●●●

기도, 빛나지 않는 일상에 보물이 그득 숨어 있는 듯

드리워져 자란 그늘에
애씀

푸성귀들 두른 속통에
지음

울긋불긋 번진 여백에
바름

머리와 가슴과 손발이 일치하여 빚곤 하는 향연, 열매

제 2 부

나무의 기도 2

●●●

울고 있습니다.

여인아, 왜 우느냐? 누구를 찾느냐?*

---

* 위의 책, (요한 20, 1-10); (11-18), 196쪽. '부활하시다', '마리아 막달레나에게 나타나시다' 참조.

야생화

유함
오련한

기다림으로 희망 있는 여기 서 있는 날

대참
수련한

다시 태어난다면

새들은 매일 노래하여

새들은 금방 잊어주어

새들은 주신 열매먹어

새들은 허공 사이좋아

새들은 두발 별같아서

새들은 어디서 잠들까.

생태

●●●

얹고 간 얹힌 짐, 안개

뚝 떼어 내려놓는 것이 바르다 생각했다.

안개가 무어던가.

그것을 몰랐다.

더 큰 산이 되어 몰려오고 있었다.

이방인

●●●

도움 청할 그때 그 누구도 없었어요.

모두 등 돌렸어요.

혼자였어요.

당신의 그 마디마디 말들

해질녘 선선함 성당 가(街) 꽃길

안아봅니다.

광야

왜실까 혹독함
장마 후 장미넝쿨 한겨울 담쟁이넝쿨 바수어짐 봅니다.

유일(唯一) 당신 찾으라 하시나요.
선물이신가요.

당신 맞나요

●●●

기도하려 모으는 양손에 파르스름한 볼그스름한 거무스름한 문양 매듭들이 타박타박 걸어와 자리를 잡고 앉네.

뚝 떨구는 산다화(山茶花)*

매듭의 뿌리 어디일까 묻고는 싶었다. 천형(天刑)으로 모두 꿰여져 있는 그 바느질실은 누가 쥐고 있을까 묻고는 싶었다.

---

* 산다화(山茶花): 동백나무의 꽃.

다닥다닥 옥빛꽃

●●●

검은 흙서 별이 났나. 3월 초 실가지 가지가지 꽃님 오시려.

갈피갈피 끼워주시는 꽃잎 저기 저 폐허

또 일어서겠지만 뚝 부러뜨린 꽃들 다시 살릴 수 있어요?

우문일까

여무는 잎서 나무

여무는 꽃서 나무

여무는 열매서 나무

덜 쓸쓸할까.

눈꽃

●●●

첫눈

생각이 많아요.
질문이 많아요.
주장이 많아요.
세계가 많아요.

사랑하라 하시는 그 사랑은
아직 잘 모르겠어요.

순례

덕수궁 길

아무 대답도 버린 아무 물음도 잃은 푸석푸석한 길에.
나목(裸木) 끝 은빛 바늘뭉치서 튀어나오는 반짝임에.

고궁처럼 운다.

새꽃신

●●●

당신은 그때가 되셨을 때 십자가에.
이 사랑의 방식이 아니고서는 안 되겠다 하셨는지요.

도처 십자가에 못 박히시어 진한 눈물꽃 피우시는.

인간의 방식은 묻곤 합니다.
당신은 왜 침묵하시냐고.

십자가를 지고 일어섭니다. 섭리로 이끄시는 수틀이니.

겨울

●●●

들이닥친 계절에 황폐하게 부서져 내려 버텨내야하는 따스함은 인내케 합니다.

순 몇 잎 그립니다.

어두운 시어(詩語) 몇 마디 드립니다.

사랑의 노동을 지속적으로 몸의 한계 안에서 가능케 하는 것은 청아한 겨울나무

단초

●●●

은유적으로 그렇게 하듯 두 손 직접적으로 얼굴을 가려보았다.

손바닥으로 덮인 어둠 겹겹 아리따운 검은 꽃잎 파르르 떤다.

샘서 또닥또닥 고이고 있었을 게다. 보이지 않는 마음일 게다.

직조

●●●

서툰 사랑이라 당신께 닿기를 기도합니다.

당신 심어놓으시기에 가꾸어주시기에 부르시기에.

당신 때문에 수선거려도 당신 때문에 모르겠어도 사랑이겠어서.

머뭇머뭇 보이는 거예요. 사람들 맥락서 드러나는 갖갖 사랑의 문양들

은혜

아가새 되어 오신 키우신 둥지수풀서 아가다홍빛카네이션송이가 봅니다.

밖에는 세찬 비 내리고 집 안 등빛은 따스함, 오며가며 물어 주시었지요.
짓찧은 나뭇잎과 꽃잎에 햇살을 섞어 목젖이 보일 연 입에 넣어드립니다.

투박하다가 다감하다가 울다가 웃다가 맞닿은 당신이 계심과 제가 있음.

길

쪼끄마한 생명 키우는데 힘드시지 않았냐니까 이쁜 마음뿐이셨단다.

혼미(昏迷)하더라도 사랑으로 고유성에 가까워지려 해야 할지니. 인내의 결여는 관념의 사랑임을 드러낼지니.

모를 허기질 때 내어주어야 싶을 때

새

●●●

추스르고 일어났지요.

빙점에도 얼어붙지 않은 빛살이 깨우더군요.

조탁하는 생(生), 쪼아대는 당신은 다 내어주시는 삶

날아다니며 열매 나뭇잎 꽃 먹었습니다.

가진 것 없는 것 같아 울었습니다만 노래합니다.

이 가장 작은 이들 가운데 한 사람에게*

이음새 단추
곳곳서 터집니다.

진홍논밭

하늘방앗간

꿰십니다.
존재에 행하시는 환대. 산다는 건.

---

* 위의 책, (마태 25, 31-46), 47~48쪽. '최후의 심판' 참조.

아름다운 지구인들

꽃잎 후드둑 부서지듯 풀잎 뚝뚝 부러지듯

빗방울 같은 총알에 조각구름 같은 포탄에

속으로 엉엉 우는 나목 이 울음 꿈속 묻는

뒤 뒤얽힌 실밥 먼 당신 내려오시는 그 길

애틋한 정원사

●●●

보이는 나무들 심기로 해요.

농무기도일기를 쓰기로 해요.

그새. 사계(四季)일기 뒷장 눈 나려주실 때 오롯한 감사를요.

애틋한 정원사 2

모든 것 반겨 안기로 해요.
충실들 하기로 해요. 몰라볼 때 많을지도요.
흐르고 나면 폐허될지도요.

잔의 겉들도 닦고 또 닦았습니다.
잔의 속들을 닦고 싶었어요.
두서없이 이곳저곳서 닦이었어요.

체득의 언어라 진실함인지요.
통밀빵 조각조각이었어요.
기다리던 영혼에 꽃이 한들거려요.

제3부

참새

●●●

폴짝폴짝
나뭇가지 가지가지 오르내립니다.
볕살
풀섶
오갑니다.

우짖음 잠시 응시합니다.

일상

●●●

무지(無地)* 패턴(pattern) 나무 전체 그루터기조차에

얇은 지면 같아 심안 둘 곳 찾으려 부산한 문가 종종걸음입니다.

복음(福音) 문양(文樣) 나무에 꽂는 화살기도

---

* 무지(無地): 전체가 한 빛깔로 무늬가 없음.

선인장

울*이 생겨버렸어.

원하던 모양은 못 만들었어.

울이 없기만 했다면. 들보 가득하네.

울이 있어서 봄 있지 않니, 얘야, 여기까지 오는 길섶

---

* 울: 표면이 쭈글쭈글해지다.

띄어 앉은 나무들 사이

●●●

당신이 오라 하시는 길 밖으로 새 버렸습니다. 질끈 감아 버렸고 하고 싶은 데로 하여 버렸고 악다구니도 뱉어 버렸습니다.

금이 간 잣대로 주고받는 꺼칠꺼칠한 됫박 속은 살아갈수록 마모되어 거무튀튀한 결만 남아갑니다.

뼈 가르듯 말고 아이야, 어우러져보련. 뱀처럼 꼬인 지난(至難)의 사념이 휘몰아칠 때 휘감으시는 자비의 그 부드러움의 당신께서.

선인장 2

●●●

들보는 베긴 굳은 살 떼어도 또 자라는 살

내 눈의 들보는 너의 잘못을 확정짓고 이것을 고착화시켜 자꾸 반추하게 하는 거

하늘빛문양 들보가 자리해야 하는 거

내 눈의 들보는 그분 눈서 너의 사랑을 감지하고 점차 흠 없이 바라보려 하는 거

선인장 3

●●●

당신들에게 상흔 받아왔다고만 생각하였습니다.

어느 날

당신들에게 상흔 주어왔다고도 생각하였습니다.

꼬깃꼬깃한 기억서 노란 프리지아 얼굴 내미네요.

두레박

모두 사랑이 고파하지요.

깊은 밤 깊은 샘 두레박 길어 올려 새벽 홍매화

붉은 꽃잎 한 장 한 장 엮은 기도 올려드리지요.

당신 인가요

십자가(十字架) 곁가지

숲 어딘가 남겨두고 반짝이는 강 섶 구경 가고 싶습니다.
함박꽃 안고 돌아오면 좋더냐 웃으며 맞아주시겠는지요.

아버지 하느님

허기

●●●

봄꽃강물
방울방울

며칠

예* 당신

마구간 구유 아가
십자가 언덕길 청년

* 예: '여기'의 준말.

나무의 기도 3

●●●

제가 당신을 사랑하는 줄 당신께서 아십니다.*

허술한 설익음으로 풋풋함에 당신께서.

---

* 위의 책, (요한 21, 15-19), 198~199쪽. '예수님과 베드로' 참조.

속삭임

●●●

모두 다

돌아앉은

번지(番地)

흰 눈밭

사각이며

다소곳한

발자국

뉘시더라.

먹먹함

머금음

수국빛오후

●●●

흐르는 강물 속에 서서
훗날 시리게 그리워할 오늘들임에 눈부신 슬픔입니다.

캐어지는 기억의 진주겠지요.
망울망울 사무치는 석류시겠지요.

당신 보아주십시오.
당신 들어주십시오.

약속

꽃이 나리는 나무는
잎이 나리는 나무는

여쭈어볼 것 많네요. 끝이라는 단어의 삶

대지서
푸릇푸릇
고목서
울긋불긋

당신을 초대하네요. 우리를 초대하네요.

하늘지기

●●●

침묵

　강가

　편주*

자연

　건넴

　뿌리

조우

---

* 편주(片舟): 작은 배, 조각배.

경배

친밀

빛

구석

생명

매

느지막한 논밭을 뒤덮어가는 가라지입니다.
수확의 때 그칠 줄 모르고 덮는 여전한 우리들일지도.
가지고르기를 하겠습니다. 밝히 비춰주십시오.
실가지들 잇고 닿고 트고 본류(本流)에 다다르고자.
어제와 조금 다른 오늘 머무르는 색동보자기 짊

어떤 사랑

한 달 동안, 사료 한 톨 물 한 모금 입에 닿지 않고 현관문만 바라보며 이제나 저제나. 할아버지 퇴원하셔 돌아오시자 그제야 먹고 뛰고 뒹굴고 그렇게도 좋아하더라는 이웃 할머니 집 견공(犬公)

고개 숙여 한참 이것저것 생각해보았다.

당신 사랑

●●●

서걱서걱

노곤하여 햇볕 드는 창 아래 잠시 뉘었습니다.

당신께서
사랑 많이 하였더냐 하시면

그저 강아지 같은 눈망울로 하염없이 울어버려도 되겠는지요.

잎새

다 이유가 있으시겠지요.
다 계획이 있으시겠지요.

고초(苦楚)
신산(辛酸)

새 사이사이
별 가지가지

당신 향기 납니다.
당신 계셔 삽니다.

무릎 꿇은 나무

●●●

삶의 환경이 취약하여 출구가 없을 때, 생명력의 소진은 사랑이란 단어조차 허약한 신음으로 울부짖게 한다. 몸을 지니고 있음이다. 영혼이란 것이 고통을 감내하기에는 부딪는 통증으로 견딤에도 한계에 직면하게 된다. 이 지점에서 희망의 의미가 흠뻑 발현되어질 때 사랑의 문양을 입은 삶은 살아낼 것이다.

흘리시는 이슬*

●●●

멀찍이서 자신을 넘어 저잣거리 헤치며 달려와 엎드려 옷자락 부여잡고 오롯이 보인

네 믿음이 너를 구하였다.

너의 믿음은 어디까지냐.

흔들리는 억새풀 귓가 밟아오는 쟁쟁한 속삭임. 당신은 완전하신 분 안으신 뜻에 맡겨드립니다.

---

* 이슬: '눈물'을 비유적으로 이르는 말.

사랑이라는 집

인간의 잣대로 가장 부서진 곳서

인간애의 꽃

사랑은 그런 것

사랑은 그래야 하는 것

세상 어딘가 모르는 어느 곳에서

파티가 열리고 있는 곳 곁

쇼핑을 즐기고 있는 곳 곁

저택이 줄지어 있는 곳 곁

당연하다는 담을 넘는 것

담쟁이덩굴

당위성의 담을 오르는 것

그래서 사랑이 지어지는 것

그래서 사랑이 드러나는 것

사랑의 울타리는 너른 풀밭, 푸른 하늘, 따스한 바람, 선한 목자

포옹

●●●

행함 속에서 기도 속에서, 심연에 어부

함께, 검은 밤을 은하수 같이 빚으시니

난제 미혹서, 곁 지붕에 둥근 하얀 박

제4부

고유성

●●●

제 틀을 저는 볼 수 없어요.
좀 벗어나라 요구받기도 해요.
산야에 핀 꽃이었으면 좋겠다 싶어요.
제 문양대로 살며 제 아름다움이 있으니까요.
꽃 한 송이 피우시기 위하듯 애쓰시는 당신을 뵙겠습니다.

이번 인생의 시험지는요

근원에의 탐색이 왜 찾아오지 않았던가.
헛헛한 겨울마저 가 버리면 씻기고픈 자아는.

제출할 답변에 서고(書庫) 포착 담화(談話)에 닿지 못하는 실제(實際), 수고로운 자연이 기도하는 태고(太古)의 세상, 순간순간 여름 녹(綠) 배려의 낮들

바램

●●●

초봄 꽃나무에 찾아든 고(苦)

벗어날 수 없는 길, 흐르면서 수타 부딪는 원의와 다른 길, 고통의 길

자라 손톱만한 잎 기다림의 길

탄원의 길, 숙고의 길, 회심의 길 초록이 짙어지며 화해의 길

정원

●●●

어느 나무서 살까.
뭇사람꽃망울

풋내음일 거
무의미의 생명은 없을 거

텃밭을 가꾸시며
꽃밭을 가꾸시며

당신으로 제가 있기를
저희로 당신의 섭에.

민얼굴

나무들 사이를 걷는다.

나무들 사이를 걸을 때면 살고 싶다.

노래하는 새 되어 묵언의 건넴

모두 받아 주는 이

가까이 다가가도 멀어지지 않는

가까이 다가와도 멀어지지 않는

엄마 앞에서 나

자기이게 하는 이

나무들이 되어라 하신다.

비취가락지

사랑의 문양은 다양합니다.
사랑은 사랑을 압니다.
곡진한 정원의 생명 그리기에
기쁨입니다.
사랑은 사랑을 봅니다.
은은한 격조의 선율 흐르기에
아름다움입니다.
이 사랑 백합꽃다발 곱게 놓아드리고 살포시 나아옵니다.

벗님

●●●

안개꽃 하얀 별 같아서 하얀 눈 같아서

당신들에게 보내드릴까 합니다.

조촐한 사랑의 식탁 안팎에 놓아 드려요.

비움에 멋지게 꽂아 충만함으로 다독여 보아요.

꽃꿈

매(每) 늦가을초엽겨울 시어(詩語)

당신이시여, 나무에 꽃 피우십니까.

기다리고 있습니다. 당신 피어나실 제 나뭇가지들 곡진히

두런두런 산길 송이송이 서책(書冊) 맞이하고 싶습니다.

소명

●●●

뒷눈, 이른 나무에

벗은 봄을 오라시니

봄은 벗을 반기시니

개화(開花)

두레박 2

흐드러진 밤 벚꽃 같은 눈웃음에
몇 계절을 삽니다.

가지런한 하얀 이 옆 덧니 같은 말씨에
몇 계절을 수놓습니다.

물보라 껴안는 봄비 같은 몸짓에
몇 계절을 핍니다.

성배

●●●

맛보고 눈여겨보아라. 주님께서 얼마나 좋으신지.*

희생의 잔 스밈 어느 즈음 은총의 잔

---

* 한국천주교중앙협의회, 『성경』, 「구약성경」(시편 34, 9), 2005, 934쪽.

누리

봄날을 주시니요.
꽃밭

꽃길섶 여미라시니요.
희망의 전갈

고개 숙이며 짓겠습니다.
꽃등(燈)

터

●●●

언어의 수사에 심취한 의미들이 껍질을 벗기며 나가떨어질 때 제자리걸음 디뎌야 하리.

등 언저리

살다간 사람들이 남긴 실핏줄 같은 길들 우직의 가지는 살게 하여 잎 돋우는.

여름 마중

아카시아 포말 초록빛 파도

붙박이 건물 사이사이 푸른 앞치마를 두르시고

걷고 걸으시어 또 맞으려 오시다니요.

쑥 커진 나뭇잎과 나무에 살겠습니다.

꽃수레 2

바닷가 모래 한 톨 기도가
당신께 닿을까 생각했어요.

당신은 이미 제 안에 계시어
당신은 찾기도 전에

당신의 그 사랑에 사랑으로
기다리신다는 것만은 알겠어요.

붉은 나뭇잎

나, 하늘나라 가거든 별이 되고 싶다.

밤길 비추는 하얀 꽃잎들

상흔 사랑이심을 뒤척이며 안기는 밤가슴속 별이 되고 싶다.

어떤 계절 어떤 사람들

푸르른 강물 여름 기개(氣槪)를 품었던 시절, 장맛비가 심하게도 내려 버렸지요.

올망졸망한 바위덩이가 간신히 놓인 길입니다.

조심조심 흐름에 가을 이 겨울 의지의 활동이 잦아들고 조용히 머물고 듣습니다.

아름답다 해석되는 건요.

목련나무

어머니와 이 겨울을 지나왔습니다.

그 지난 길 위에서 울며 떼쓰며 뒹굴 때 그래, 네가 되어 주마.

참 곱기도 하신 우리 엄마 참 크기도 하신 우리 엄마, 어둔 밤 둥근 달

어머니가 있어 하늘하늘 꿈꿀 수 있었습니다, 당신을 뵈올 수 있었습니다.

시작

●●●

가지치기되듯 일까요. 어디로 흐르는지는 모릅니다.

다만 지금 적막함에 이르렀다는 것 순간은 그런 것

잦은 의지가 역류하려들던 강물은 그저 흐를 뿐임을

식별의 지혜를 구해야 할 것을 말간 남은 나날들에

다만 조약돌 포개듯 깨금발 하듯 곱게이고 싶습니다.

| 해설 |

나무의 기도

●●●

김상용(예수회 사제)

봄이 되고 여전히 도시에 갇혀 사는 나에게 이채현 시인의 새로운 시집, 『나무의 기도』 원고의 도착은 마침내 나를 '그곳'으로 향하게 하였다. 그곳은 꽃향기가 가득한 가평군 방하리의 오동나무 군락지였다. 다케타즈 미노루 선생의 『숲속 수의사의 자연일기』라는 책을 보면 인간에게는 물리적인 시간을 살아가는 일상의 시간 이외에 우리 내면의 생명의 시계를 통한 비선형적인 생명의 시간이 존재함을 일깨워준다. 이렇듯, 숲은 그 거대한 생명력을 복원하는 힘을 지녔고 그러기에 나는 이채현 시인의 원고를 가방에 넣어 '그곳'으로 갔다. 방하리는 오동나무 군락지답게 보라색 선연한 꽃을 사방에 피우고, 주의를 기울이지 않으면 그 향기를 맡을 수가 없게끔 신비스럽게 숲 한가운데에서 피우고 있었다. 향기는 그리움의 완벽한 비유이다. 나는 오랜만에 기도하고 싶은 그 원의의 그리움으로 아무도 없는 오동나무 군락지 한복판에서 눈을 지그시 감았다. 눈을 감자 오히려 언어가 생겨났고, 그 언어는 나의 말이 아니라 지금 내 곁에 선 나무의 기도가 되어 내 귓불에 간혹 도착하는 여린 바람에 실려 고스란히 아름다운 어떤 기도가 되었다.

그리고 나는 그곳에서 처음으로, 가방에 넣어간 이채현 시인의 원고를 읽었다. 오동나무의 바이올렛빛 아름다운 꽃 아래에서다.

참 더디 오시려는지요.
늘 같은 매무새인 저입니다.
어제는 고통에 관하여 읽었어요.

제 삶에서 당신이라,
산책길에 화두(話頭)였어요.
그리고 드릴 꽃이란 무엇일까 하고요.

– 「꽃수레」 전문

길어 올린 언어에 리듬을 더한다. 이 인내의 시간은 시집 전체를 관통하는 어떤 신학적 비유, 곧 나무 십자가 위에 달리신 예수 그리스도의 시선을 기억하게 해준다. 나무에 달린 인간 예수의 시선은 뭔가 더디 오는 것을 기다려 본 사람만이 느낄 수 있는 것, 그것은 인내이며 동시에 뜨거운 갈망이다. '어제는 고통에 관하여 읽을' 수밖에 없었을 시인의 내면을 관통하는 '고통'은 거개가 참을 수 없는 무엇이었으리라. 하지만, 시인은 인내로 시어를 고르고 인고로 가까스로 수의 초인적인 인내는 어떤 영웅적인 불굴의 인내를 표상하기보다 오히려 처절하게 힘을 잃어가는 역설의 힘의 가난을 상징한다. 따라서 나무의 기도에 드러난 인고의 시간은 바로 힘의 가난이며 대자연이 인간에게 훼손당하는 그 방향 그대로 자신을 내어주는 힘의 역설이기도 하다. 자신의 삶에서 '당신'이라 일컬을 수밖에 없는 그 존재는 시인의 산책길에 '화두'를 늘 남기는 어떤 절대의 힘이다. 시인은 그 절대 앞에 겸손되이 헌화하려는 가난함을 '드릴 꽃이 무엇일까' 고민하며 표현한다. 시인의 마음은 이토록 애절하게 절대 앞에 가난하고 겸손하다. 그것을 가능하게 하는 힘은 숨은 것을 보시는 절대자의 침묵이다.

추스르고 일어났지요.

빙점에도 얼어붙지 않은 빛살이 깨우더군요.

조탁하는 생(生), 쪼아대는 당신은 다 내어주시는 삶

날아다니며 열매 나뭇잎 꽃 먹었습니다.

가진 것 없는 것 같아 울었습니다만 노래합니다.

-「새」 전문

시인에게 빙점에도 얼어붙지 않는 것은 그가 신앙하는 절대자의 빛이다. 이 빛은 시인을 하염없이 절망시키기도 하는 진리의 빛이다. 그 진리의 장엄한 완벽 앞에서 시인은 유한한 자신의 불완전을 매일 아침 추스르고 일어앉아 그에게 기대어 선다. 시인은 여린 날개로 하루를 열고 가진 것이 너무 빈약해 매일을 언어로 눈물짓는다. 그러기에 그 진리의 광채가 시인의 눈

가에 반영되어 눈물로 자신을 정화하는 일상을 살아간다. 시인은 그 인고의 시간 안에서 나무의 기도처럼 자신을 내어주려는 진리의 빛을 마침내 마주한다. 그 진리 둘레를 시인은 언어라는, 열매 나뭇잎을 쪼아대는 새의 비유처럼 자신의 심상에 드러난 거룩한 언어를 조각해 낸다. 그 과정 전체가 나무의 기도이며 생명체의 찬미이리라.

마음 보신다니 숨은 것 보신다니

허허벌판서 마냥 걸어가고만 있는 한 아이

우주의 순명(順命) 초롱에 담아 밝히려 긴 길 가는 아이

– 「꽃샘」 전문

시인은 처음으로 이 시집에서 '우주의 순명'이라는 자신만의 신앙을 견주어 마음을 초롱에 담으려 애쓴다. '우주의 순명'은 앞서 언급한 시인의 인고의 시간을 가늠케 한다. 그는 적어도 이 절대의 고요함 앞에 순명

하려 애쓴다. 하지만, 시인이 순명한다는 것은 침묵 앞에서 순명하는 것일 텐데, 시인의 숙명은 언어를 노래하는 것이므로 역설적이다. 이 절대의 침묵 앞에서 언어를 고른다는 행위는 도발이며 배반이기도 하기 때문이다. 어쩌면, 물리적 시간의 일상 앞에서 삶을 영위해 살아간다는 것은 매번 이러한 역설을 경험해가는 숙명과도 같은 타협의 지점이 아닐까. 왜냐하면, 물리적 시간은 우리를 노화라는 단일한 목적으로만 이끄는 선형성 안에 무릇 도저한 인간 군상만이 유일하게 그에 반하려는 시간, 곧 반시간을 살려고 하는 의지를 지녔기 때문이다. 이를테면, 이채현 시인의 '우주의 순명'은 무한한 절대자의 고고한 침묵 아래에서 각혈하듯 터져나오는 인고의 세월을 찢고 탄생한 시인의 시어가 언어가 탄생하는 즉시 바로 이 우주의 순명에 반하게 되는 의미를 지니고 있기 때문이다. 우주의 언어는 인간의 언어 안에 온전히 담게 되지 못한 채로 나머지를 침묵 안에서만 간직해야 하므로 시인은 그 외의 언어를 가지고 신의 언어를 비유해 내야 했기에 고스란히 그 과정은 고통스러웠으리라.

스승이시여.

네, 여기 있습니다.

-「나무의 기도」 전문

따라서, 시인은 이 '우주의 순명'을 자신 온 존재의 호명, 곧 '네, 여기 있습니다.'로 노래하여야 했으리라. 본 시집에서 가장 눈에 띄는 그의 내면의 기도는 바로 시, 「나무의 기도」이다. 자신에게 '우주의 침묵'을 가르치며 그것을 언어로 담아내려는 숙명을 자신의 소명으로 받아들이려는 시인에게 그 절대의 힘을 '스승'이라는 절대의 칭호로 격상시켜 받아들이려는 자세는 자못 결기가 느껴진다. 동시에 자기에게 다가오는 온 존재의 도래를 자신의 이 숙명에 일치시켜려는 가냘프지만 거룩한 시인의 음성을 시인은 선악과 이후의 인간에서 선악과 이전의 인류로 소급하려는 그리스도교 교의의 핵심을 다음과 같이 요약하여 노래한다.

선악과
이전의

에덴동산

-「그런 나였으면」 부분

인류에게 잃어버린 낙원에 대한 완전한 복원을 시인은 나무의 기도를 통해 간절하게 시도한다. 마침내 그의 시는 문학에서 신학으로, 말에서 노래로, 그리고 언어에서 기도로 승화하고 있다.